AF202466

Anna Fendt

Dort, wo nichts lag

Gedichte und Texte

© 2024 Anna Fendt
Autor: Anna Fendt
Umschlag und Layout: Anneli Pihlström
Originalfoto: Astrid Schulz

Verlag & Druck: tredition GmbH, Hamburg
ISBN: 978-3-384-26995-9 (Paperback)
       978-3-384-26996-6 (Hardcover)

*Verlieren wir uns nicht oft ganz stolz in Gedankengängen
und wollen uns profilieren in der Überzeugung,
besonders klug zu erscheinen, ohne zu merken, dass wir
nicht nur den Boden unter unseren Füßen, sondern auch
den Blick für das Wesentliche verlieren?*

Ist nicht gerade das Wesentliche der Klugheit Resultat?

*Ist nicht das Wesentliche, das, was bleibt, wenn der
Vergleich sich seinem Spiel entzieht und verliert sich die
Profilierung nicht selbst im Vergleich?*

*Ist es nicht nur das Wesentliche, das auch ohne Vergleich
sein und schön sein kann?*

Inhaltsverzeichnis

I Werte

II Spiegelbilder

III Liebe

I

Werte

IN ALLER VIELFALT

Worte in all ihrer Schönheit mit all ihren Facetten zu zeigen
Nicht in einer Farbe trotz ihrer Vielfalt zu verbleiben
Mit ihnen zu spielen, wie mit einem Kind
Das mit all seiner Hingabe zu hören beginnt

Ist Glück in klarstem Bildnis

Mit Worten zu tanzen
In schwindelnder Melodie
Bis eine Geschichte entsteht
In eines jeden Phantasie

Ist Glück in klarstem Bildnis

EINSICHT

Zeitlos macht der Moment die Zeit
Tiefe Gedanken sehen weit
Größe entsteht aus Bescheidenheit
Und nur das Loslassen befreit

SCHEIN

Ohne Schwarz kein Weiß
Ohne Beides kein Sein
Und nur wenn du berührst
Und berührt wirst von beiden
Bist du nicht mehr Schein

ZUFRIEDENHEIT

Die Kunst ist nicht, etwas zu erschaffen, was unser Leben vermeintlich besser macht, sondern die Kunst liegt darin, mit dem was ist, zufrieden zu sein.

IN DER EINFACHHEIT

Klugheit, die du steckst in der Einfachheit
Erfülle meine Seele, die nach Reichtum schreit,
Nach deinem Schatz in tiefem Grund
Und schließe einen Bund
Mit meinen Gedanken, damit sie sich nicht
Auf Irrwegen verlieren und spende mir Licht,
Damit ich meinen Weg sehen kann.
Mein Ziel begleitet mich mein Leben lang.
Lass uns meinem Weg gemeinsam gehen
Und zusammen das Wesentliche sehen.

JA

Alle rufen "nein"! Du sagst ganz leise "ja"!
Verwunderung macht sich in Deinem Gesicht breit
Denn das "ja" ist wahr
Denn fragt man mal das "nein"
Weshalb es existiert
Weiß keiner eine Antwort mehr
Bis die Frage verliert

Das "ja" hingegen kann stehen bleiben
Kann sich unverwüstlich zeigen
Verwurzelt in Wahrheit die schönsten Zeilen schreiben
Die wie Knospen aus klarem Verstande treiben

Das "ja" wird stehen bleiben,
Mutig, wie es ist
Nimmt es alle Chancen wahr
Es gibt nichts was es vermisst

Es ist so vollkommen in sich selbst,
Dass zwei Buchstaben reichen,
Um die Freiheit und die Schönheit
damit gänzlich zu beschreiben

DER IDEALIST

Mit Scheuklappen auf,
Schwebend auf Überzeugung,
Ignorierend jede Frage,
Überzeugt von mancher Leugnung,
Haltend an diesem einen Gedanken,
Der den Boden schenkt.
Doch gehört nicht der wahre Boden dem,
Der auch mal anders denkt?

SCHNELLER, WEITER

Schneller, weiter
Immer mehr
Ist das Fortschritt?
Ich glaub' nicht!
Ich glaub' eher, es ist ein Schritt zurück!
Denn aus Gier und Kurzsichtigkeit kriegt ihr nicht mit
Den Untergang im nächsten Schritt

Schneller gibt es nicht
Denn Zeit bleibt Zeit
Weiter gibt es nicht
Denn die Strecken bleiben gleich
Es gibt nicht mehr, als was es gibt
Also wieso geht ihr diesen Schritt?

Wieso bleibt ihr nicht mal stehen
Und genießt den Moment
Ohne ihn zu übersehen
Weil die Zeit vermeintlich rennt
Wo musst du so denn schnell noch hin
Macht es später weniger Sinn?
Wir hetzen etwas hinterher, was wir eigentlich schon haben
Suchen irgendwo nach Antworten, die wir in uns tragen
Also lass doch die Dinge so sein, wie sie sind
Wenn sie so gut sind, wo bleibt sonst der Sinn?

DIAMANT

Alle lachen, doch sie weint
Weil jeder weiß, dass man sie meint
Ganz alleine steht sie da
Sogar der Letzte macht sich rar
Und sie denkt, sie wäre nichts wert
Und mache irgendwas verkehrt

Doch tief in ihr drin
Ein funkelnder Diamant
Ganz unantastbar, unangreifbar
Strahlt irgendwann so voller Kraft
Und blendet alles, was ihr mal im Weg war
Jeder sieht nur noch das Licht
Es gibt keinen mehr, der sie bricht
Und während sie die anderen vergisst
Merkt jeder, wie wertvoll sie doch ist

AUGENBLICK

Ich würde so gerne Radieschen mögen
Denn sie schmecken bestimmt gut
Viel besser als alles, was ich je aß
Und doch sind sie mir dann nicht genug

Ich würde so gerne ein König sein
Und über alle herrschen
Bis ich merke, das Schönste ist
Mich selber zu beherrschen

Ich würde so gerne das Nordlicht sehen
Obwohl vor meiner Tür
Die Sterne hell und strahlend leuchten
Und ich nicht weiß wofür

Ich würde so gerne jemand anders sein
Und merke gar nicht, wie klug
Und schön und glücklich ich doch bin
Und verfalle dem Trug

Der mir erzählt, alles wäre besser
Was andere sind und andere haben
Doch alles ist erst, was es ist
Wenn Blicke sich daran laben

Wenn man es sieht, wenn man es hört
Und wenn man es spürt
Denn dann kann man merken, wie strahlend schön
Der Augenblick verführt.

HIER UND JETZT

Warum ein Wäre, warum ein Wenn
Wenn es da doch gibt das Jetzt
Warum ein Hätte, warum ein Falls
Wenn da doch ist dieser eine Platz
An dem du stehst, mich anlächelst
Und mir schenkst diesen einen Blick
Der genau hier und genau jetzt
Verbreitet ein klein wenig Glück

DIE MITTE

Geist und Gefühl in gleicher Fülle
Wie sie wollen ineinander greifen
Sich fassen, miteinander sprechen
Gegenseitig umarmen lassen
Im Kerne treffen

Gebären die Klugheit
Mit dem Leben umzugehen
Denn nur mit ihr können sie sehen
Sehen, wie schön die Welt doch ist
Sehen in die eigene Mitte
Mit der Bitte
Auch handeln zu können zu eines Jeden Gunst

Und ist nicht die Kunst, das, was man sieht
Ganz bunt zu färben, mit all seinen Farben
Die es schon in sich trägt
Auch wenn es dunkle Farben zeigt
Zur Schau stellt und ein Urteil fällt?
Doch ist nicht klug, der es schafft
Dunkelheit in Licht zu verwandeln?
Ist nicht klug, der sich bewusst ist seiner Art?

HINTERGRUND

Gehört nicht der wahre Wert
Der Liebe und der Kunst?
Denn verliert alles andere nicht seinen Wert,
Wenn Hintergrund nicht die Gunst,
Die Hilfe oder auch das Lernen ist?
So lass uns gerade diese Werte leben,
Denn alles andere ist
Falscher Stolz und eine falsche Fährte

UNSERE INSEL

Für das Schaffen unserer Insel ähnlicher Gedanken
möchte ich mich bei Dir bedanken

DIE LÜGE

Die Lüge mit ihrer Hinterlist
Wie ein Dieb schleicht sie umher
Um die Wahrheit, will sie enteignen
Ihrer selbst, bis keiner glaubt ihr mehr

Mit gequälten Blicken und auch voller Neid
Verliert sie letztlich doch ihr Kleid
Doch eine Frage bleibt

Nehmen sie sich gegenseitig nicht den Sinn
Wenn des Einen Lüge ist des Anderen Wahrheit
Ist nicht erst nur das wahrhaftig
Was auch ohne Blicke ist

QUAL

Wenn man stets nach Erlösung verlangt
Weil das Gute sich mit dem Bösen zankt
Zwiespalt, der einen zerreißt
Ruchlosigkeit
Widersprüchlichkeit
Denn sie tragen das Kleid
Von Einigkeit

RETTUNG

Lass Dich einfach mal im Stich
Und Du wirst Dich damit retten
Lass Dich fallen, Dich verlieren
In Dein eigenes Leben betten

Denn das Leben wird verrichten
Wonach Du so sehr verlangst
Tod und Schmerz wird es vernichten
Während Du um Dein Leben bangst

HANDELN

Wenn wir uns des Konflikts unseres instinktiven Handelns mit unseren Werten bewusst werden, können wir auch bewusst im Sinne unserer Werte handeln.

CHANSON

Da ist ein Chanson
Er will mir sagen, keiner hört ihn
Alle Herzen sind taub
In der Geschwindigkeit des Lebens
Werden die Töne zu Staub

Doch ich bleibe stehen
Und spür' die Melodie

Die wie Konfetti auf mich regnet
Als wäre das Leben ein Fest
Als wäre jeder Ton gesegnet
Trübsal nur ein Test

Plötzlich kam der Tag
An dem meine Seele starb
Und ich stand an Deinem Grab
Und ich dachte, dass ich breche
Plötzlich kam der Tag
An dem ich nur Trauer spürte
In der Melodie

Die plötzlich Tränen auf mich regnet
Als wäre das Leben nur schwarz
Als wäre jeder Ton verflucht
Und jedes Glück ein Scherz

Doch ich bleibe stehen
Und spüre die Melodie

Dennoch Melodie
Du kannst heilen mein Gefühl
Und wird mir was zu viel
Bringst du Leichtigkeit ins Leben
Liebe Melodie
Danke für deine Begleitung

Da ist ein Chanson
Er will mir sagen, keiner hört ihn
Alle Herzen sind taub
In der Geschwindigkeit des Lebens
Werden die Töne zu Staub

Doch ich bleibe stehen
Und spür' die Melodie

SONNE UND WIND

Dass alles etwas Gutes hat
Und keiner zu beneiden ist
Das Leben immer Veränderung bedeutet
Und die Dinge nie so bleiben
Schenkt uns doch die Gelassenheit,
Die unserer Trauer Flügel schenkt
Denn das, was immer übrig bleibt
Sind doch die Sonne und der Wind

VERTRAUEN

Soll Vertrauen wachsen, musst du ihm vertrauen

DEMUT

Mein von Jahren überschüttetes Kind
Das Licht, für das meine Augen waren so lange blind
Die Musik, für die meine Ohren waren so taub
Die Liebe, an die ich jetzt erst wieder glaub'
All das Wundersame, Wunderschöne und das Glück
Brachte mir allein die Demut wieder zurück

LAUTE PHANTASIE

Liebe Musik, mit Deinem Ton
Übertönst Du das Lachen der Leere
Und das Lachen des Bösen verliert an Hohn
Und all meine Lasten an Schwere

Mit dem Streichen Deiner Saite
Erklärst Du mir die Tiefe und die Weite
Meines Lebens
Zweifel mühen sich vergebens
Den Glauben an das Schöne
Und den Glauben an mich
Zu zerstören
Denn Du wirfst Dein Licht

Deine Pausen lassen mich ruhen
Und die darauf folgende Melodie
Erfüllt sogar die Ruhe
mit lauter Phantasie

SELBSTVERLUST

Bist Du Dir nicht wert
Dir nur selbst bewusst
Über das, was Du kannst
Neben Deinem Selbstverlust

Du bist so viel mehr
Als das, was Du tust
Es ist viel zu lange her
Dass Du neben mir ruhst

Denn mein Kuss
Soll Dir sagen, sei ganz unbeschwert
Und sei Dir dessen bewusst
Du bist so viel mehr wert

ALLEIN DURCH DICH

Auf das Wesentliche sich die Klugheit beschränkt,
Doch jedes Denken darüber lenkt
Ab von gerade diesem, das doch so rein
Und stark in seinem Gefühl kann sein.

II

Spiegelbilder

KINDERAUGEN

Weisheit und Klugheit eines erwachsenen Menschen sind der
wieder erlangte Zugang zur Sicht eines Kindes

WIE SCHÖN DU DOCH DENKST

Werden Gedanken zu Bildern
Während du hinter jeder Schattierung
deren Abgrund erkennst
Und dir Pinselstriche schildern
Wie schön du doch denkst
So zuversichtlich und so voller Liebe
So dass die Bilder sprechen
Nur das Gefühl zu den Gedanken
Kann die Blindheit brechen

SCHNITTWUNDEN

Schnittwunden auf ihrer Haut
Sind der Spiegel ihrer Seele
Lang vergangene Taten
Anderer sind ihre Tränen
Tränen, die ihr irgendwann überdrüssig sind
Denn sie fließen schon viel zu lange
Und für Erlösung sind sie blind
Sie betet, sie mögen enden
Diese Träume, die sie quälen
Da ihre Peiniger die Geschichte und die Bilder darin wählen
Manchmal wünschte sie sich, Sie wäre nie geboren
Denn ihre Seele ist im Frost des Lebens längst erfroren

JAHRESZEITEN

Es ist Herbst
Die Blätter fallen
Das Reh im Schatten der Buche liegt
Die Blätter bedecken sanft sein Haupt
Die Zufriedenheit, die blieb

Der Bär wird langsam aber sicher müde
Sucht sich einen sicheren Platz
Für Träume den ganzen Winter über
Sein Wohlbefinden, sein größter Schatz

Die Sonne verliert nun an Kraft
Die Lerche singt noch ein letztes Abendlied
Der Specht klopft an die Tür des Winters
Und nur die Abendsonne siegt

Der Winter kommt
Es fallen Flocken
Kinder toben sich darin aus
Plätzchen und Kakao locken
Die Kinder abends wieder nach Haus

Der Frühling zeigt seine schönsten Knospen
Betören damit jeden Augenblick
Während Bienen davon kosten
Verbreiten sie ein Stückchen Glück

Die ersten Sonnenstrahlen blicken durch
Als Vorboten des Sommers
Sie erzählen von Partys
Und vertreiben Kummer

Jetzt ist er da, der Sommer
Zeigt sich in seiner vollen Pracht
Ein wenig eingebildet wirkt er
Während die Sonne vom Himmel lacht

Letztlich geben sie sich die Hände
Die vier Jahreszeiten
Denn ohne einander wären sie nichts
Während sie einander durchs Jahr begleiten
Deshalb schenken sie sich das Leben
Allein dadurch, dass sie einfach sind.

URTEIL

Vor dem Urteil steht ein Nichtgehört
Ein Nichtgefühlt, ein Nichtgesehen
Das Urteil hört, das Urteil fühlt
Und fängt an langsam zu verstehen
Nach dem Urteil folge die Toleranz
Denn das Urteil gehört uns
Dennoch beurteilen wir nie ganz

DER SEHENDE

Er hört die Musik und sieht das Märchen,
Das die Töne ihm erzählen und er sieht auch das Pärchen,
Das sich in die Augen sieht, ohne einander zu sehen
Und er sieht sie an und er weiß, sie wird gehen
Der Sehende, er sieht mit den Augen
Doch viel mehr mit dem Herzen
Sieht den Wall, den sie um sich baut, um den Schmerzen
Zu entgehen und er will die Mauern einreißen,
Um die Schönheit des Lebens ihr so zu beweisen.
Er sieht ihre Angst, er sieht, was sie fühlt.
Aus dem einfachen Grund, weil er es selber spürt.
Er sieht aus dem Fenster, sieht sein Leben vorüberziehen.
Und während der Zug fährt durch die Landschaft seiner Jugend
Erkennt er die Tugend der Bescheidenheit,
Die ihn von manchem Anspruch befreit.
Sträucher sieht er vorüber ziehen,
Wie Gedanken, die vom Fenster fliehen.
Und Tautropfen, die an ihnen kleben
Hängen hinunter, wie lang vergossene Tränen, die von ihr
erzählen.

KEINE ANGST

Glück kommt und Glück vergeht
Und wenn Dein Herz grad' nur das Leid versteht
Dann sprich mit ihm und reiche ihm die Hand
Und spreche aus ihm großen Dank
Für das Glück, das es Dir in die Hände legt
Bevor es wieder von dannen zieht

Ist viel Kummer in Dir drin
Und Dir nur noch zum Weinen
Sei Dir sicher, es ist halb so schlimm
Als die Dinge scheinen

Denn die Sonne scheint
Und der Wind, der weht
Und beide machen keinen Hehl daraus
Wie's dir grade geht

Geb' stückweise und bewusst
Dem Leben etwas Verantwortung ab
Denn Du hast etwas in der Hand
Wenn Du etwas aufgibst

Vertraue darauf, dass die Farbe deines Gefühls
Viel strahlender aussieht, wenn du die Angst vor ihr verloren
Und sie angenommen hast und vertraue darauf
Dass nach Dunkelheit Helligkeit kommen wird

Denn Glück kommt und Glück vergeht
Und wenn dein Herz grad nur Leid versteht
Dann sprich mit dem Leid und reiche ihm die Hand
Und spreche aus ihm großen Dank
Für das Geschenk Glück, das es Dir in die Hände legt
Bevor es wieder von dannen zieht

SCHLAGENDES HERZ

Jedes Leid, das mich berührt
Und dessen Hände ich ergreife
Öffnet mir die Augen
Und entführt mich auf wunderbare Weise
In ein Land, das mir so viele Farben zu sehen verspricht
Und blieben meine Augen geschlossen
Würde ich nicht sehen, wie das Licht sich bricht
In jeder trüben Farbe
Und letztlich aus dem Dunkeln
Ganz helle Farben funkeln
Und ich begreife, welch' ein Glück,
Dass ich ein schlagendes Herz habe

WEICHENSTELLER

Ich könnte immer mehr verstehen
Könnte meine Kreise ziehen
In meinem Hirn
Immer auf derselben Spur

Nur da warst Du
Du mein Begleiter all meiner Gedächtnisspuren
Du mein Weichensteller
Auch mal ab vom gewohnten Weg

Du legst Gefühl in all die Spuren
Und lässt, was alles hinter mir liegt
Schöner aussehen, mit jeder Erfahrung
Die ich mit Dir teile

Denn irgendwie warst Du schon immer dabei
Und schriebst so manche Zeile, die nur den Moment erfasst
Der gar nicht zu beschreiben ist
Weil Du, mein ewiger Begleiter, Teil davon bist

TELLERRAND

Ein Grundgedanke
Wenn wir uns an ihn halten
Trägt uns über den Tellerrand hinaus
Und lässt uns unser Handeln so gestalten
Dass nicht mehr Geld
Regiert die Welt
Sondern die Herzen der Menschen, die es drucken
Dass Macht in Liebe und in Gunst
Verwandelt wird und Brücken
Darum lass uns mit diesem einen Gedanken
In uns ziehen und anders betrachten
Über den Tellerrand hinaus sehen, uns bedanken
Für das, worauf wir nun mehr achten

DRUCK

Ich mache mir Druck!

Warum? Bringt es mich weiter?

Nein!!

Denn zum Beispiel der Druck, etwas fühlen zu müssen
um am Leben zu sein, nimmt uns die Möglichkeit dazu.
der Druck, etwas erledigen zu müssen, hält uns davon ab.
Warum sagen wir uns dann nicht einfach, dass wir dürfen
und nicht müssen, denn dann würden wir der Aufgabe viel
gewillter gegenüber stehen.
Ich dachte lange, unsere schwerste Aufgabe wäre es, mit
unserem Verstand denselbigen auszuschalten, um wieder am
Leben zu sein. Dabei hilft es nicht, bewusst gegen das Denken
vorzugehen, sondern wir dürfen unserem Gefühl die Chance
geben lauter zu werden, indem wir uns auf es konzentrieren.
Sollte dieses Gefühl eine traurige Überschrift tragen, lass es nur
lang genug stehen, und es wird seine Bezeichnung ändern.
All das, von dem wir denken wir hätten - nein müssten Einfluss
darauf haben - obwohl wir es nicht ändern können, regeln wir
am besten, indem wir es abgeben und es dem Leben überlassen.
Wir sollten nur ein Gefühl dafür entwickeln, wann der richtige
Zeitpunkt dafür ist, dem Leben und dem Gefühl etwas
Verantwortung abzugeben.

HERZENSAUGEN

Danke, dass ich erfahren durfte, dass ich mit meinem Herzen viel mehr gesehen und verstanden habe, als ich mit meinem Verstand je hätte begreifen können.

VERMÄHLUNG

Argumente wollen reden
Objektivität steht daneben
Das offene Ohr, die Reflektion
Finden einen gemeinsam Ton
Vermählen sich in buntem Gewand
Klugheit fasst sie an der Hand
Führt sie zu ihrem Gastgeber
Der Weisheit, denn sie spendet Rast

Unter dem Segen der Klugheit vereinen sich dort die zwei
Damit die Tat der Nachkomme sei
Denn das was bleibt, ist ein Gedanke
Und nur die darauf folgende Tat
Zeigt dem Ursprungsort, der Weisheit
Wie viel sie zu bewegen vermag

ALLES

Es existiert nur durch unsere Blicke
Verändert sich mit jedem neuen Blick
Zerreißt unsere Herzen mal in Stücke
Während ein anderer Blick es wieder flickt

Es trägt immer verschiedene Farben
Manchmal sind wir aber auch blind
Und man kann den Blick auch ändern
Da doch unser die Augen sind

MILLIARDEN SYNAPSEN

Eine von einemillionmilliarden Synapsen
Spürte diesen einen Blitz
Schmerz und Leid in meinem Leib
Nur weil Du grade neben mir sitzt
So wie damals, als Du schlugst, fühlt es sich gerade an
Und heute betrügst Du, heute lügst Du
Dich und all die anderen an

Ich möchte andere Gleise fahren
In meinem Hirn und habe den Mut dazu
Und eines der Gleise führt mich direkt zu ihm
Denn er hört mir zu, hört so laut zu
Dass diese eine Synapse
Diesen Donner nicht mehr hört und ich merke
Dass mich der Blitz nie wieder so verstört

STIMME

Meine Stimme zeigt mir den Weg
Sie führt mich an mein Ziel
Und alles, was mich auf diesem Weg bewegt
Ist nie ein Schritt zu viel

Meine Stimme, sie ruft nach ihm
Und ohne es zu merken folgt er ihr
Während er sich selbst ein Stück verliert
Will sie ihn darin bestärken

Mit mir zusammen den Weg zu gehen
An unser gemeinsames Ziel
Denn alles, was uns auf dem Weg bewegt
Ist nie ein Schritt zu viel

Manchmal kann ich die Stimme nicht hören
Und wenn ich mich in ihr verlier'
Weil sie nichts zu sagen hat
Schenke ich ihr keinen Glauben mehr

Manchmal schreit sie ganz ganz laut
Jedoch ich weiß
Höre ich einfach nicht hin
Wird sie plötzlich ganz leis'

Erklingt in einem sanften Ton
Ist viel schöner zu hören
Stimmt Klänge an, von denen
Ich nie ahnte, wie sie betören

LAUTES SCHWEIGEN

Sie kommt heim, als erstes Schreie
Türen knallen ganz laut zu
Zu viel Schnaps und zu viel Schläge
Als dass ihr Hass je könnte ruhn'

Und dann Freunde, wie sie sie nennen
Sehen nur den Glanz ihrer Haut
Berühren sie bis sie nicht mal
Den Schmerzen mehr vertraut

Draußen Gelächter, in ihr Schreie
Und sie weiß nicht mehr, wohin mit sich
Und sogar die Liebe zu sich selbst
lässt sie irgendwann im Stich

Doch im Dorf ganz lautes Schweigen
Dass ihre Seele wie ein Glas zerspringt
Und jeder weiß, doch keiner spricht
Und keiner macht was Wahrheit bringt

In ihr drin der reinste Terror
Sie weiß nicht mehr ein und aus
Draußen jedoch frohes Singen
Und sie hält es nicht mehr aus

Denn sie haben taube Ohren
Wollen jedenfalls nicht hören
Ihre Schreie und Ihr Flehen
Und sie wollen auch nicht sehen

Sehen, wie sie sie missbrauchten
Sehen in ihr eigenes Spiegelbild
Weil sie es einfach nicht ertrügen
Darum geben sie ihr die Schuld

Und im Dorf ganz lautes Schweigen
So laut, dass ihre Seele zerspringt
Weil eigentlich jeder weiß, doch keiner spricht
Und keiner macht, was Wahrheit bringt

ICH

Jede Aufgabe
Gab mir eine Antwort
Was man mir nahm
Brachte mir Reichtum
Jede Frage ließ mich eigenständig denken
Jede Ratlosigkeit mein Leben lenken

WIE ICH BIN

Definieren wir uns nicht viel zu oft durch vergleichbare Dinge, weil wir das, was uns ausmacht nicht erkennen und schätzen.

WAS ZÄHLT?

Ein Schritt zurück
Für eine bessere Sicht
Niemals Schaden an einem Anderen tun
Sich nie auf seinem Erfolg ausruhen
Offenheit und Selbstkritik
Ändern, was man an sich nicht liebt
Was einem geschenkt
Mit Dank und Umsicht nutzen

UNSERE SICHT

Deine Sicht
Widersprach sich nicht
Mit meiner Sicht
Auch wenn sie meiner gar nicht glich
Denn sie trägt dasselbe Licht

ANSICHTEN

Manchmal treffen sich zwei Ansichten und zeugen eine dritte,
die wiederum an einer vierten unverstanden vorüberzieht.
Denn zwei Gedankenstrukturen, die nicht ineinander greifen,
rutschen ganz lautlos aneinander vorbei, weil kein Bild am
anderen hängen bleibt, kein Gedanke sich am anderen reibt und
nur die Zeit ist, die beiden bleibt.

Es entstehen neue Bilder
Die der eine sieht, der andere nicht
Es entstehen neue Bilder
Die der eine hört und von denen der andere spricht.
In denen der eine
Sich von der Schönheit der Vollkommenheit blenden lässt
Und den anderen hält
Der Schatten der Frage in diesen Bildern fest
Jeder sieht den anderen in diesem einen Bild
Doch jeder sieht etwas anderes in seinem Spiegelbild
Es entstehen Bilder, die die Vergangenheit neu beschreiben
Bilder, die die Gegenwart in bunten Farben zeigen
Und die sich ändern mit jedem neuen Blick
Denn jeder neue Blick verändert den vorherigen ein Stück

IM SEIN

Im Sein, da ist man angekommen
Im Sein gibt es keinen Widerstand
Dort wird einem jede Frage genommen
Und Freiheit wird erst im Sein erkannt

DER ERWACHSENE

Mit so viel Wissen
Umgesetzt in Taten
So viel selber in der Hand
Wahl der Gedanken,
Auch der Gefühle
Die Kunst des Zulassens bekannt

Lässt dem Schatten keine Wahl
Ohne Chance ist jede Qual
Leichtigkeit und Erfüllung
Verleihen der Freiheit ihren Glanz

GEWINN

Es geht nicht um den Sieg
Es geht um den Gewinn
Bei verbalem Kräftemessen
In dem jeder wie besessen
Recht behalten will
Jedoch ganz still
Wächst der, der auch
Den anderen hören will

III

Liebe

ZWEISAMKEIT

Allen Zeilen, die ich schreibe
Allen Zeilen, in denen ich leide
Allen Zeilen des Glücks
Allen Zeilen, während Du zu mir hinüberblickst
Schenkst Du Leben
Denn ohne Dich würde es diese Zeilen nicht geben

SICHER IN IHREM SINN

Jedes meiner Worte
Vielleicht eher unbeholfen
Jedoch ganz sicher in ihrem Sinn
Erzählen Dir von Liebe
Und von Träumen zwischendrin

WIR

Meine Augen sehen ganz gut
Durch mein Herz pumpt Blut
Meine Ohren hören den Klang der Welt
Und meine Gedanken machen mir Mut

Es ist gut, so wie es ist
Es gibt nichts was ich vermiss'
Doch hältst Du meine Hände fest
Weiß ich, keiner von uns vergisst

Vier Augen sehen mehr
Zwei Herzen schlagen höher
Vier Ohren werden mehr verstehen
Kein Gedanke ist mehr schwer

Kälte wird ein wenig wärmer
Hass und Neid ein wenig ärmer
Das Herz, die Liebe werden größer
Manch herber Gedanke etwas süßer

Darum dank' ich Dir für deine Blicke
Danke Dir für deine Liebe
Danke Dir für dein Verständnis
Für Deinen Gedanken, wenn alles schwer ist

EIN GEDANKE

Ich
Der Tag
Hektik vermag
Mich zu verirren
Nichts mehr fragt
Ist es richtig?
Nichts bleibt stehen
Herzen können nicht mehr sehen
Viel zu schnell zieht es vorbei

Doch ein Gedanke bleibt

Worte fliegen
Viel zu schnell
Sie verletzen
Auch mal still
Werden laut
Man hört sie nicht
Hört nur, wie ein Herz zerbricht

Doch ein Gedanke bleibt

Ein Gedanke, der mich trägt
Ein Gedanke, der nicht fragt
Ein Gedanke, der auch stumm
So viel spricht und sagt warum

Ein Gedanke, wie eine Antwort
Ein Gedanke, wie ein Verband
Ein Gedanke voller Wärme
Ein Gedanke, an Dich gesandt

FRAGEN

Warum siehst Du mein Herz denn nicht
Wenn ich es schon so offen trage
Und auch nicht, wie es deshalb bricht
Weil Dir die zweite Hälfte gehört

Wieso siehst Du nicht mein Licht
Wenn ich es doch schon auf dich werfe
Ist so getrübt denn Deine Sicht
Dass sie an mir vorüber führt

Warum hören Deine Antworten nicht meine Fragen
Wenn ich sie doch an sie stelle
Trauen sie sich nichts zu sagen
Weil sie vielleicht verbindlich wären

Warum kannst Du mich nicht lieben
Einfach nur so wie ich bin
Wieso muss die Einsamkeit siegen
Wenn in der Liebe liegt doch der Sinn

FESTER BODEN

DANKE für den einen oder anderen Gedanken
Der meine gerade rückt, wenn sie wanken
Dafür, dass du mich auf die erste Stufe hebst
Und jeder nächsten einen Boden schenkst
Und wenn sich die Wege kreuzen
Du mich in die richtige Richtung lenkst

Danke für so manchen Rat
Denn er verbessert manche Tat
Danke für das eine oder andere Wort
Denn es erzählt mir von einem sicheren Ort
Und Danke einfach nur fürs Sein
Denn wegen ihm bin ich nicht allein

STILLE

Ich sitze in meiner Küche
Ein Glas Wein in meiner Hand
Fahles Licht, erdrückende Stille
Kahle Farbe an der Wand

Nur Deine Stimme durchbricht die Stille
Denn ich höre sie bis hierher
Und ich weiß, es ist Dein Wille
Dass ich weiß, Du singst von mir

DEINE ZIER

Du kamst als Niemand, bliebst wie ein Schatten
Und gingst als Licht wieder von mir

Denn dazwischen zeigte sich mir der Mensch
Mit all seiner Zerbrechlichkeit und Zier

EIN FUNKE

Ich sah Dich das erste Mal
Und sah Dich an
Und sah doch an Dir vorbei
Viel zu unsympathisch
Und viel zu fremd, als dass
Da jemals ein Funke sei

Doch ich sprach mit Dir
Und lachte mit Dir
Und sah plötzlich den einen Funken
Durch den ich Dich sah
Und nicht an Dir vorbei
Und ich dachte, ich sehe Dich selbst im Dunklen

Es funkelt im Dunkeln
Ich sehe es mir an
Kann meinen Blick nicht davon wenden
Doch verstehe ich es nicht
Kann es nicht begreifen
Und stehe da nun mit leeren Händen

Irgendwas steht mir im Licht
Vielleicht Unausgesprochenes
Ich weiß nicht, was meinen Blick trübt
Ich weiß nur, etwas hat mich gefangen
Und ich kann es nicht fangen
Und ich weiß nur, dass es liebt

BILDER

Bilder fliegen hin und her
Berühren in Momenten
Und doch sind es immer nur Bilder
Die in Träumen enden

Nur die Zeit und nur der Raum
Trennen unsere Hände
Unsere Gedanken spielen verrückt
Und sie sprechen Bände

Was ist, wenn die Zeit sich trifft
Wenn Raum sich in Unendlichkeit
Verwandelt und unsere Hände
Irgendwann einander haltend zeigt

IN MEINEM SINNE

Alle reden
Doch höre ich nur deine Stimme
Im Schlafe träume ich nur von dir
Höre ich ein Lied
In meinem Sinne
Bist dann nur du
In der Melodie

IM LICHT

Du gibst all meinen Seiten,
die im Schatten ignoranter Blicke
verschwanden, Farben
die sich plötzlich zeigen

Gibst meiner Stimme einen Sinn
so dass der Sinn zu schweigen
Plötzlich nichtig
Was ich zu sagen habe, so wichtig

Und plötzlich stehe ich im Licht
Und schäme mich nicht

VERSTÄNDNIS

All die Schatten und Facetten
Die du selber in dir trägst
Trage auch ich in mir und sie retten
mich in dem Moment, in dem du sie in mir siehst
Sie mir zeigst in klaren Bildern
Damit auch ich sie sehen kann
Und ich merke, dass sie schildern
Dass man alles verstehen kann

Dass alles gut ist, alles da ist
Man sehen kann, was man grade will
Und alle Zweifel, alle Sorgen
Werden plötzlich ganz ganz still

All die Noten
Sei's in Tönen
Oder auch in einem Gespräch
Spielen einen Teil der Melodie in meinem Leben
Erzählen von Dankbarkeit und Liebe

Klingt nach Erfüllung
Klingt nach Tiefe
Klingt nach größerem Verständnis
Bis alles Dunkle plötzlich hell ist

SIE WIRD VERSTEHEN

Auf all die Unsicherheiten deiner Selbst,
verursacht von Schlägen eines Anderen,
Lege deine Gedanken, deine Taten, deine Werte, deine Liebe
und du wirst hoffentlich sehen, die Bedrohung, die du darunter
vermutest, wird letztendlich auch verstehen, sie dachte nicht
nach, sie tat nichts Gutes, liebte nicht und ihr Wert wurde so
gering, dass das Licht deiner selbst den Zweifel so blendet,
dass kein Schatten mehr findet seinen Sinn.

GANZ NAH

Weihnachtszeit
Köstlichkeiten stehen bereit
Lachen und Besinnlichkeit
Viel Musik und viele Leute

Doch sie sitzt am Fenster
Und für andere ganz unsichtbar
Wirft sie einen Blick hinaus
Und plötzlich ist sie ganz nah

Nur das Lächeln in ihrem Gesicht verrät
Was sie sieht und was sie spürt
Und ihr Blick fängt es auf und schließt
In ihr Herz ein Stückchen Glück

Die Tage gehen ein, die Tage gehen aus
Und ab und an wirft sie wieder einen Blick hinaus
Und das Lächeln zaubert sich zurück in ihr Gesicht

Auf jeden Satz, auf jede Frage
Richtet sich nun ihr Blick
Denn die Antwort ist ganz nah

SCHLAF SCHÖN MEIN SCHMERZ

Schlaf schön, Du mein Traum
Der morgen früh wieder zerplatzt
Du meine Sehnsucht, die durch ihr Schluchzen
Alles Glück in Tränen verwandelt
Du mein Blut, das aus meinem Herzen fließt
Du Verletzung, die Du meine Wunde misshandelst

Schlaf schön, mein größter Schmerz
Meine größte Liebe
Zertrümmer' mein Herz!
Denn es kann nicht mehr schlagen
Kalt gestellt hast es Du
Auf immer und ewig
Legt es sich nun zur Ruh

Nur ein letzter Schlag will Dir jetzt noch sagen
Es hat nie etwas Schöneres als Dich in sich getragen

Anna Fendt, geb. 1981, aus München, ist eine deutsch-finnische Musikerin und Songwriterin. Nach ihrem ersten Gedichtband „Nach dem Wolkenbruch" veröffentlicht sie nun in diesem Buch ihre neuen Gedichte und Texte.

Zeitfracht Medien GmbH
Ferdinand-Jühlke-Straße 7
99095 Erfurt, Deutschland
produktsicherheit@kolibri360.de